HYMNE SVR

L'EMBARQVEMENT

DE LA ROYNE, ET DE

SON ARRIVEE EN

FRANCE.

Par le sieur de LA ROQVE.

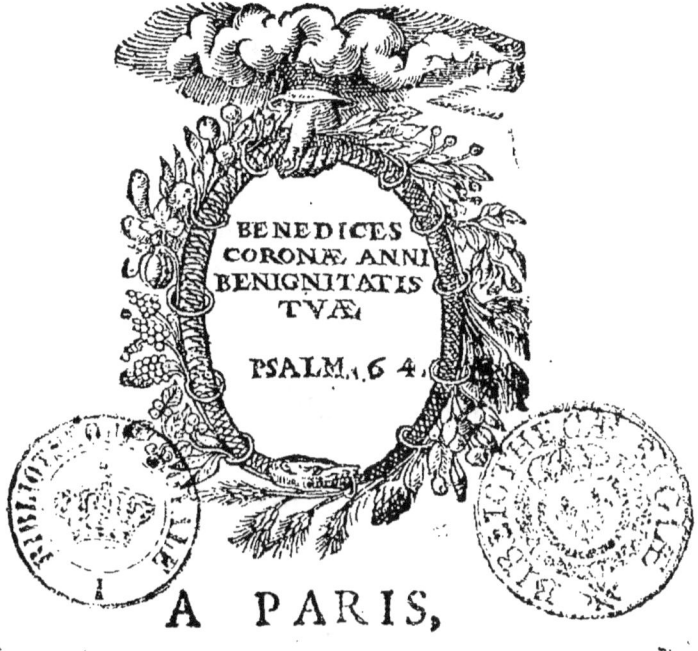

BENEDICES
CORONÆ ANNI
BENIGNITATIS
TVÆ

PSALM. 6 4.

A PARIS,

Pour CLAVDE DE MONSTR'OEIL, te-
nant sa boutique en la court du Palais,
au nom de Iesus.

STANCES,

A la Royne.

I

OYNE *fille du Ciel de chacun recla-*
mee,
    Seule digne du bien que tu vas poſſe-
dant,
Qui ſe faict admirer auec la renommee,
Mais adorer de ceux qui te vont regardant.

II.

Sois donc la bien venue en ce royal Empire,
    Pour reſiouir nos chăts, & le cœur de mon Roy:
Nous puiſſes tu donner ce que l'Eſtat deſire,
Et receuoir de luy des vœux dignes de toy.

III.

Puiſſes tu maintenant aſſoupir les alarmes
    Qui nous faiſoient trembler & la nuict & le
iour,
Et que d'vn ſiecle eſmeu par la fureur des armes
Ta preſence nous face vn long regne d'amour.

IIII.

Auec ce corps sacré que te presente Astree
Remply de tant d'esprits, & couuert de tant
d'yeux,
Tu peux entrer maistresse en ceste grand'côtree
Comme Thetis en mer, & Iunon dans les cieux.

V.

Beau Soleil dôt l'ardeur auiourd'huy nous côforte,
Et rend cest Orizon à l'entour esclercy,
Lors que ton char luizant entre par vne porte,
Par vne autre aussi tost s'en va nostre soucy.

VI.

Tu nous mets à l'abry des cruelles tempestes
Qui rôdoient ce Royaume orphelin & destruit:
Car ses lys qui sechoient dessus les autres testes
Fleuriront sur la tienne & porterôt leur fruit.

VII.

Ses hauts cris à ton nom d'vne si longue aleine,
Doiuent bien ton aureille esmouuoir ceste fois:
Car pourroit elle ouyr oyant Viue la Reyne,
De plus doux instruments, ny de plus douces
voix.

VIII.

Entre donc maintenant au son de tes louanges,
Ce jour qu'on solemnize à tes yeux triumphâs:
La puissance du Ciel se chante par les Anges,
La gloire de nos Rois par les ieunes enfans.

L. R.

HYMNE SVR L'EM-
BARQVEMENT DE LA ROYNE
& de son arriuee en France.

L'Autheur faict parler l'ombre
de Nostradamus.

DES-IA de l'Orient l'Aurore retournee,
De fleurs & de boutons mignardement
ornee,
D'vn teint clair & vermeil, nous anonce
le iour,
Guidant sur l'Orizon la planette d'Amour,
Qui monstre auec les rays dont elle est allumee
Qu'elle a sur quelque grand sa puissance imprimee:
Et crois que Iupiter auec les autres Dieux
Font pour le bien du monde vn mariage aux cieux.
HYMEN paré de lis, de fleurons & de roses
Qu'on voit au point du iour nouuellement escloses,
Sur le haut Appennin ioyeux est descendu
Pour annoncer cest heur de chacun attendu.
C'est luy, ie le cognois, à grand pas il arriue
Enuironné d'amans, de palmes & d'oliue,

Il se doit embarquer en ce riche vaisseau
Qui flotte en l'attendant sur le doux sein de l'eau:
La Fortune le suit, & d'vn œil fauorable
Regarde ses succez & sa race indomtable,
Le ciel en est serein, l'air s'en monstre plaizant,
Le Soleil alentour conduit son char luizant.
Bref le Tibre sacré s'en court de sa cauerne
Le chef couuert de jonc trouuer le fleuue d'Arne,
Ou le Rosne enuoye d'vn cours impetueux
Est allé voir Hymen & s'est ioint auec eux.

 Cependant que la Seine, Yonne, Marne & Loyre,
Preparent son entree & publient sa gloire,
Et disent en passant aux riuages diuers,
Aux fleurettes des prés, aux arbriseaux tous vers,
Qu'ils se facent plus gais, qu'ils monstrent l'alegresse,
Dequoy tous les François reçoiuent leur Princesse,
Qui doit estre à iamais par vn sort fauory,
L'heur de ceste prouince & le cœur de Henry,
Cest Auguste Cesar dont la main indomptée,
Faisant trembler la terre estouffa son enthée.

 Desià le Dieu Mercure auec la belle Iris
S'esleuent triomphans sur les murs de Paris,
Et de cét heur prescrit que le Ciel nous réuelle,
S'en vont par l'Vniuers anoncer la nouuelle,
Qui pourra tout soudain nos ennemis saisir,
De cruel desespoir, nous d'extreme plaisir,
Arrachant de leur cœur l'inutile esperance
De ioindre à leur Estat la couronne de France.

 Du sommet de ce roc à plain ie voy fumer
Les chasteaux & les tours des riues de la mer,
Pize, Masse & Liborne attendent au passage,
Cest illustre beauté pour luy offrir hommage,

Et des bois & des monts iusqu'aux champs Nauarrins
Descendent fil à fille au long des flots marins,
Satires & Pasteurs Nimphes & Pastorelles,
Chantant l'honneur d'Hymen en cent façons nouuelles.

L'imperieux Neptune & la belle Thetis
Par les enfans d'Eolle encor sont auertis,
Et du large Occean & du sein de Thirenne
Chacun sa riche troupe en ce riuage ameine,
Genne, Sauonne & Nise offrent tout leur pouuoir,
Pour honorer Hymen & pour le receuoir.
Antibe en plaine ioye aussi fait apparoistre
Qu'elle fait son deuoir & l'honneur de son maistre,
La gentille Toullon dans son port reculé
Fait esleuer ses feux iusqu'au Temple estoillé,
Et voudroit qu'vn Ponant sans nulle violence,
Eust conduit à son port la troupe de Fleurence,
Afin de faire voir à ceste Majesté,
Les effects de son ame & de sa volonté.

Pendant que d'autre part la superbe Marseille,
Pour receuoir ce Dieu s'efforce & s'appareille,
I'apperçois leurs vaisseaux du costé du Leuant,
Comme traits descocher voller auec le vent,
L'on oit desià leurs voix & le bruit des trompettes,
Enuoyer iusqu'au Ciel mille douces tempestes,
Nous les voyons desià nos riues cottoyer,
Et tous les estendars parmy l'air ondoyer:
La Garde fait signal par sa flamme esleuée
Et de maints panonçeaux monstre ceste arriuée.
I'oy bruyre les canons qui saluent ce Dieu,
Qui tout plain de triomphe approche de ce lieu,
Du quartier de sainct Iean la tour respond encore,
I'en apperçois la proue à Cauezze de more,

Ce peuple en treffault d'aife & de contentement,
Car fon bon heur confiste à cet aduenement.

Ie voy ce clair object briller parmy la troupe,
Comme quand d'Orient fur le chef d'vne croupe,
Le beau Soleil fe monstre & fur l'Orizon luit,
Chaffant auec fes raiz, les flambeaux de la nuit.
Glauque marche deuant, Amphytrite l'enuoye
Suiuy de fes tritons pour preparer la voye,
Ie recognois Pollux & fon frere Castor
Pour fignal de bonace aupres du fanal d'or.

Au lieu des mariniers vne adroite Caballe
De petits Cupidons gouuernent la Realle,
L'vn en tient le timon affeuré fur la mer,
Et les autres tous nuds fe plaifent à ramer,
L'vn tient l'orfe à la main & prend garde à l'antenne,
L'autre au fon du fifflet fouuent hiffe & ameine,
L'autre fur la rambade & deffus l'efperon,
Tire au peuple efmaillé des traits à l'enuiron,
Les Dauphins couronnez des beaux lis de la France,
Sautellent à l'entour plains de refiouyffance,
Et fouhaittent chacun gliffant deffus les flots,
Auoir vn Arion encor deffus le dos.

Lors ie dis tout rauy d'vne telle merueille,
I'apperçois à ceste heure au terrouer de Marfeille,
La retraitte des Dieux & des Nymphes auffi,
Et que du mont Olympe ils defcendent icy
Parmy ces Oliuiers & ce mollet feuillage,
Accompagnez d'amour de frefcheur & d'ombrage,
Sous qui les chastes fœurs & le clair Appolon,
Rempliffent les couftaux & ce large vallon,
Du chant melodieux & de ceste armonie
Qui du Ciel entretient la grandeur infinie.

Donc

Donc regarde auiourd'huy chere & belle Cité,
Iouyssant de tant d'heur & de diuinité,
Qui decorent ton port & tes plaines fertilles,
De combien tu parois dessus les autres villes,
Il faut que l'on t'admire en tes plaisirs diuers,
Comme l'abregé seul de ce rond Vniuers,
Car alors que ie parle espris de ta merueille
Chacun esmeu d'ardeur se souhaite à Marseille,
Chacun pour discourir ne suit que ton subjet,
Et chacun en l'esprit te reçoit pour objet,
Pour voir ce beau Soleil ceste beauté premiere,
Qu'à loisir tu contemple auec tant de lumiere.

Comme vn corps animé ie me sens esmouuoir,
Du bien que ie te voy maintenant receuoir,
Moy qui depuis trente ans que la Parque imploiable
A separé ce corps de l'ame raisonnable,
Fermant mes yeux au iour par vn soudain trespas,
A fin de les ouurir aux ombres de la bas:
Mais quoy m'ayant conduit au bord de l'onde noire,
Sans m'auoir de la France arraché la memoire,
La Sibille Cumaine assise sur le bord,
Me ramena çà haut en despit de la mort,
En ce coin de l'Europe, en la Prouince mesme
Où iadis ie receu le sainct nom du baptesme,
Parmy ces hauts rochers, ces antres & ces monts,
Espouuantables nids des larues & Demons,
Auec les visions & Chimeres nocturnes,
Qui sortent des tombeaux, des goufres & des vrnes.

Là ie suis tout seul et parmy tout cet horreur,
Au bruit de ces grands flots agitez de fureur,
Où sur l'antique front des roches esclarcies
Ie graue nuict & iour toutes les profecies,

Des grands de l'Vniuers, & mesme de nos Rois,
Que i'ay veu de tout temps commander aux François,
Qui tant & tant de fois ont pris mes Centuries
Pour contes fabuleux & pour des resueries,
Par qui i'ay descouuert les faicts pernitieux,
Les desseins des meschants & des ambitieux,
Les monopolles sourds, les trahisons cachees
Que ma belle science a souuent empeschees,
Affin que l'estranger ne peust subtillement
Sur ce Royal Estat auoir commandement,
Predizant à chacun d'vne bouche diuine
Des pestes la terreur, la guerre & la famine.

Or de ce braue Hymen ie me veux approcher,
Et descendre du haut de ce pasle rocher
D'où ie sors bien souuent, quad la nuict tend son voille,
Voyant leuer au ciel & l'vne & l'autre estoille,
Considerant leurs tours, à fin de preuenir
Le mal'heur qui pourroit sur les miens aduenir.

Car durant que Cazau monstroit sa tyrannie
Du valleureux Guyzard ie fus le bon genie
Qui tousiours l'a simuy, du depuis qu'à son Roy
Rendant obeissance il a donné la foy:
Lors assisté du Ciel ennemy de l'audace
De ces volleurs marins il nettoya la place,
Et mit ceux qui viuoient en sernage arresté,
D'vne estroite prison en plaine liberté:
De sorte qu'à l'instant ils veirent disparoistre
Leurs cruels ennemis qui ne sceurent cognoistre
De quel costé venoit l'orage impetueux,
Qui les faisoit fuir & tomboit dessus eux.

Donc ô Roy nompareil sur qui tout heur abonde
Digne de commander à l'empire du monde

Et qui le peut auoir sans nul hazard courir,
Si le monde se peut par armes conquerir.

Retire vn peu ton soin des affaires publiques
Pour ouyr par ma voix les succez profettiques,
Que les Dieux immortels qui ont de toy soucy
Ordonnent pour ton regne & pour les tiens aussi.

Sache que ton diuin & parfaict mariage
Renouuellant ton sang & ton braue lignage,
Resiouyra ton cœur ainsi que le Printemps
Nous remplist de gayeté les forests & les champs:
Et receuras d'en haut ceste faueur supreme
Que la fortune peut choisir pour elle mesme,
T'eslizant icy bas pour commander par tout
Ce perleux Orient iusques à l'autre bout,
Et sera de chacun au temple des gens d'armes
A tout heure adoré comme le Dieu des armes,
Faisant iouyr les tiens des pays dissipez
Qu'on auoit dessus eux autresfois vsurpez.

Celuy qui du Croissant auiourd'huy fait sa marque,
Et qui de l'vniuers pense estre le monarque,
Par le vouloir du Ciel ses desseins estouffans,
Vn iour sera la proye à l'vn de tes enfans,
Et nous rendra la terre & ce lieu qu'on reuere
A ceux la qui de Christ portent le caractere.

L'autre plus ieune d'aage en imittant Iazon
Ira par sa valeur conquerir la toizon,
Bien-heureux en la guerre & du tout indomtable,
Ce conte fabuleux nous rendra veritable,
Et sur les haults rochers en lurcis & pointus
Se fera des chemins diuersement battus,
Sans que nul estranger redoutant sa vaillance
S'empesche de tomber en son obeissance:

B ij

Mais plustost luy rendant les armes & le cœur,
Esgallera sa gloire à celle du vainqueur:
Comme on a veu iadis courant par tout le monde,
Les Cheualiers de Gaulle & de la Table ronde,
S'estimer d'auantage amoureux & gallant,
D'auoir esté vaincu d'Artus & de Rollant.

    Mais ce n'est pas assez immortelle Princesse
Il faut que deuant toy tout deuôt ie m'adresse,
Pour te faire cognoistre & pour te reueller,
Cest heur où les destins te veullent appeller,
Benissant ta naissance & l'astre fauorable,
Qui rendit ta beauté par tout si desirable,
Si plaine de vertus qu'on te voit posseder
Le beau sceptre qui peut aux autres commander,
Rendant en ce pays ta fortune arrestee
Comme l'auoit predit l'Oracle de Prothee,
Et que de nostre Hercus' & de toy sortira
Ce grand guerrier qu'Vlice à son camp attira,
Ensuiuant la valeur de son genereux pere,
Rendra la France heureuse & son regne prospere.

    Mais ô Tige nouueau des Princes & des Rois,
Sois douce & charitable à ce peuple François,
Ie te le recommande afin qu'estant aymee,
L'on entende par tout voller ta renommee.

    Ore ie m'en reuoy soubs l'abisme des flots,
Aux champs Elisiens en eternel repos,
Mais auant que là bas chez Pluton ie retourne,
Où ceste fiere Parque en mourant nous ajourne,
Ie fais courir ses vers, afin qu'on puisse ouyr
Que les ombres des morts se veulent resiouyr
Du bien qu'on apperçoit arriuer à la France,
Où du bon heur futur se cognoit l'esperance.

Encor i'inuoqueray Saturne en ce discours,
Que de l'heur de son astre il assiste ses iours,
Astre qui de son tour est course peu hastee,
Embrasse tous les Cieux de sa dextre vouttee,
Ie le voy suppliant que l'heureux siecle d'or
A ce regne nouueau puisse reluire encor,
Et que par sa diuine & celeste influence
S'esleuent nos beaux lys dans le sein de Fleurence,
Et qu'entre ces maisons se nourrisse à iamais
Ceste heureuse alliance au milieu de la paix,
Qu'elle soit eternelle & que ceste assemblee,
De discorde & d'ennuy ne soit iamais troublee.

    Et vous Muses aussi qui auez alaicté
Les Poetes diuers dont le nom est vanté,
Laissez vn peu ces monts d'Elicon, Pinde, & Sirte,
Où croissent les Lauriers les Palmes & le Mirthe,
Les riuages de Pimple & les bois Ariens,
Et de ce double mont les doctes Citoyens,
Descendez maintenant au temple de la France,
Pour chanter de Henry la gloire & la puissance,
Et de ceste Princesse où l'on voit que les Cieux
Ont mis leurs plus beaux dons & les plus precieux.

    Sonnez dessus vos Luts Hymnes de toutes sortes,
Renflammez les esprits de Bertaut & Desportes,
Et ceux qui mieux que moy peuuent encor chanter,
La gloire des Bourbons enfans de Iupiter.

    Venez donc maintenant belle & gentille troupe,
Maistresse d'Ipocrenne & de la haute croupe
Où demeure Apollon ce Dieu tant reueré,
D'où vous tenez l'esprit & le beau poil doré,
Argumens de nos vers heureuses Castalides
Qui peuplez d'arbrisseaux les campagnes arrides,

Or sus venez icy pour augmenter le bal,
Des nopces que l'on fait dans ce Palais Royal:
Nymphes accompagnez le conçert de Bonniere,
Et les airs gracieux qu'il nous met en lumiere,
Toy premiere Clio qui pousse nos esprits;
Au metier d'Apollon où nous sommes apris,
Meurtriere de l'oubly par qui la renommee
Des hommes vertueux par tout est imprimee,
Et qui si longuement en despit du trespas,
Couronnez de lauriers les fait viure icy bas,
Venez chanter le nom de ce braue Ymenee,
Et dans le Pandion ceste heureuse iournee,
Grauez y son tableau & ses faits glorieux
Car il faut qu'un tel Roy soit mis entre les Dieux.

O bien-heureux François! heureux dis-je en moy-mesme
De voir vostre douleur changer en ioye extreme,
Et qu'ores vous pouuez exempts d'afflictions,
Surpasser la grandeur des autres nations,
Bien que vous ne soyez pour vostre erreur passee
Digne de ce repos où vostre ame est poussee:
Vous qui sans nul sujet auez tant murmuré,
Et contre ce grand Roy sans raison conspiré,
Venu tant seulement pour vostre seul remede,
Tout ainsi que Persee au secours d'Andromede,
Et qui s'est tant de fois au hazard exposé,
Pour rendre cest orage en vos cœurs appaisé,
Chasser vos ennemis, & vainqueurs vous remettre,
Contents & bien heureux en vostre premier estre.

Donc hé! quelle malice, hé! quel aueuglement,
Vous auoit hors de vous tenu si longuement,
Quel malheureux Demon, quel sort intolerable,
Vous donnoit ce conseil peruers & miserable,

Que fußiez vous sans luy flottant sur le danger,
Qu'esclaues d'vn perfide & cruel estranger,
Qui par ses faux appas & son vain artifice,
Vous plongeoit tout ensemble au fonds du precipice,
Et qui pour vous piper ainsi que l'oiseleur,
Auoit pris pour sa glu vostre propre malheur:
Qui vous rendoit cruels, impudens & bizarres,
Changeant le cœur François à celuy des barbares,
Mais que dis-ie barbare vn barbare en effaict,
Feroit-il contre luy ce que vous auez faict,
Vn barbare auroit-il trayssant sa contree,
Chery son aduersaire & luy donner entree
En sa propre maison, laissant en son pouuoir
Tout ce que de plus cher vn homme peut auoir,
Brullant & saccageant d'vne main homicide
Sans auoir en horreur le nom de parricide,
Attentant malheureux cent fois contre celuy,
De qui seul despendoit vos biens & vostre appuy,
Et dont le seul pourtrait astre de vostre ioye,
Vous est ce que Pallas estoit à ceux de Troye,
  Mais ores que son œil vous rit & vous fait voir
De combien il vous sert & quel est son pouuoir,
Destournant ce nuage & chassant la tempeste,
Qui de tant de costez vous menassoit la teste,
Laissez toucher vos cœurs d'vn iuste repentir,
Iouyssant des faueurs qu'il vous fait resentir,
Immollez tous ensemble au nouuel Hymenee
Par qui ceste franchise ores vous est donnee,
Ce pillotte Royal des autres adoré
Qui va guidant les siens dans le port desiré,
Si bien que nul ne peut mettre auec asseurance,
Sa personne & son bien qu'au nauire de France,

à chacun à l'abry peut en toute saison
Sans verrouiller son huis dormir en la maison:
Car son bras indompté qui les plus fors atterre,
A son auenement a nettoyé la terre
Des ennemis diuers qui tenoient les François
Au ioug malencontreux de leurs seueres Loix:
Et fera d'auantage en vous rendant paisible,
Il vous affranchira d'vn monstre plus horrible
Que n'estoit ceux qu'Hercul' par l'effort de ses bras,
Iadis en tant d'endroits fit mourir icy bas,
Ce monstre qui causoit tant de guerres cruelles,
Qui faisoit deuenir tant d'ames infidelles
Trebuchera soubs luy, si bien que nos neueux
Et mesmes les enfans qui viendront apres eux,
Diront emerueillez, que soubs Henry quatriesme
Fut l'Hidre qui d'enfer garde le diadesme
Sans armes & sans feu par vn diuin effort
Au pied de ce Monarque en vn coup mis à mort,
De sorte que depuis regne en ceste Prouince
Vne Loy seulement & le nom d'vn seul Prince.

F I N.